KB137863

자취요리왕 3

초판 1쇄 인쇄 2023년 2월 21일
초판 1쇄 발행 2023년 2월 28일

지은이 가위
펴낸이 김문식 최민석
총괄 임승규
기획편집 박소호 김재원 이혜미 조연수
　　　　 김지은 정혜인 김민혜 명지은
디자인 문성미
제작 제이오

펴낸곳 (주)해피북스투유
출판등록 2016년 12월 12일 제2016-000343호
주소 서울시 성북구 종암로 63, 5층
전화 02)336-1203
팩스 02)336-1209

© 가위, 2023

ISBN 979-11-6479-863-6 (04810)
　　　 979-11-6479-860-5 (세트)

• 뒹굴은 (주)해피북스투유의 만화 브랜드입니다.
• 이 책은 (주)해피북스투유와 저작권자와의 계약에 따라 발행한 것이므로
  무단전재와 무단복제를 금지하며, 이 책 내용의 전부 또는 일부를 이용하려면
  반드시 저작권자와 (주)해피북스투유의 서면 동의를 받아야 합니다.
• 잘못된 책은 구입하신 곳에서 바꾸어드립니다.

글·그림 **가위**

자취
요리왕 3

두리번

어딜 간 거야…

두리번

최우혁
놔둬요!

확

?

그쪽 팬이
무슨 짓 하고 다니는지
알아요?

최우혁 루머
퍼트리고 다닌다구요!

…

헐

최최최최우혁…

오,

오빠!

정지호 팬이 오빠
여친 있다고 조작해서 퍼트리고
다니는 거 알아요?

진짜 오빠가
정지호랑 붙어서 이득 볼 게
하나도 없어요!

미쳤냐…

…얘도 제정신 아냐…

…

저벅 저벅

…

저 새끼가 잘하는 게 좋은 건지,

못하는 게 좋은 건지 모르겠어…

결승행 티켓 하나를 더 차지할 참가자를 가려낼

오늘의 두 번째 주제는!

해산물입니다!

다루기 어려운 해산물!

요리 실력을 객관적으로 판단하기에 안성맞춤인데요!

해산물을 이용해 본인의 실력을 100퍼센트 발휘한 음식을 만들어주십시오!

치열한

경연 중…

치열한 경연이 끝나고 그 결과는,

이지연 참가자는 항상 깔끔한 맛의 기름지지 않은 요리로 저력을 보여줬습니다.

자취생에게 필요한 요리법이 아닐 수 없습니다.

자취생에게 건강한 요리는 정말 중요하고도 힘드니까요.

최우혁 참가자는 자취생이 할 수 있는 능력 내에서 가장 퀄리티 있는 요리를 만들어

우승 후보로 거론되었습니다.

아마 그 센스는 많은 걸 맛보고 경험했기 때문이겠죠.

이 또한 자취생의 식문화를 풍요롭게 만들,

필요한 레시피가 아닐 수 없습니다.

많은 고심 끝에 심사위원과 시식단의 선택을 받은 참가자는…!

꿀

꺽

나 화 안 풀렸어.

...

꽈
악—

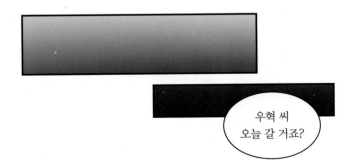

이제 회식도
얼마 안 남았는데
같이 가요~

네, 가려구요.

와아~

뭘 숙소에서
보자는 거야.

뭘...

지호 씨,
잘 놀다 와요~

오늘 가면 2주 정도
못 보겠네요.

잠깐 나 좀…

뇨,

지연이 너한테 관심 없어.

선배가 뭔데 그렇게 말해요?

지연아,

이 새끼가 너 귀찮게 해?

선배가 왜 우리 사이에 참견이에요?

우리가 어떤 사이인 줄 알고?

이 새끼가!

아니!

헐…

지호 씨 저기 싸운다.

이새끼가

저 새끼가

지연 씨 두고 싸움 났나 봐요.

투닥

이럴 때 관종 씨가
있어야 되는데.

여친은 구라고,

쟤랑은 무슨 사인데…

투닥

맞짱도 참 드럽게
재미없게 뜬다.

지 생각은 못 하고…

넌 왜 나한테만 화내는 거야…

피디님이네…

뭐?!

술 한 잔…

나도 상처받는 사람이라고.

알아요…!

제 탓이에요!

상처받았겠죠…!

나도 내가 왜 이렇게밖에 못 하는지 모르겠어요!

내가 조금만 더,

못생겼더라면…!

아무튼 죄송해요…

…

그, 그래도 괜찮아…

상처받은 건 맞는데,

이랬다가
저랬다가…

그래서
왜 나오라고 하신
거예요?

…

후-

끼익—

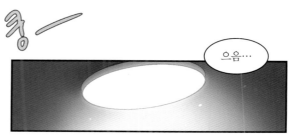

쿵—

으음…

담배 냄새…

뭐야…

아,

냄새가 안 빠져…

저번엔
홍삼 냄새를
풍기더니

웬 아저씨 같은
냄새만…

…

또 피디야?

어?

내가 화나는 게
뭔지 알아?

이래서 어떻게
제대로 된 관계를…

…

누가
그렇게 해달래?

누가 그래
달랬냐고.

별 쓸데없는…

그럼,

나는
내 생각이고 뭐고
다 무시하고 무조건
너 받아줘야 해?

그럼 싫다고
선 긋든가.

아까 좋다는 소리
뻔히 들어놓고…

그래.

싫다.

됐냐?

…

싫어?

넌 이지연이랑
키스 안 했어?!

혼자
불쌍한 척하면 니가
상전이야?

최근에도
걔랑 같이 있다가 들어왔으면서
또 나한테만 지랄이야?

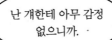
난 걔한테 아무 감정
없으니까.

말은 누가 못 해?

너 밖으로
나돌아다닐 때도 누구랑
뭐 했는지 어떻게 알…

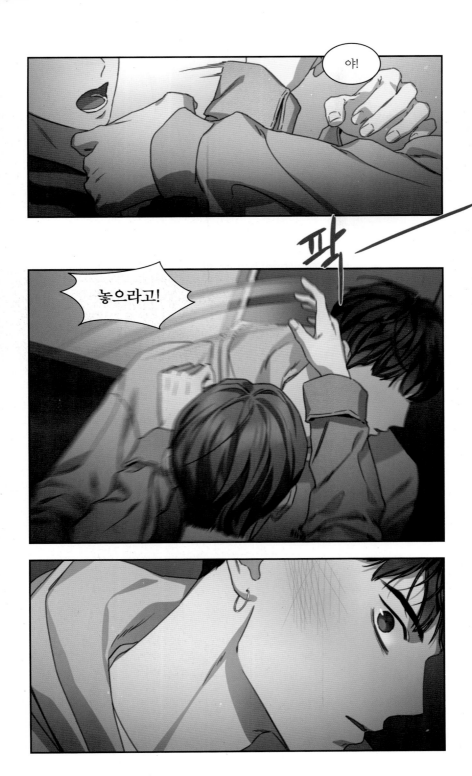

개새끼가.

이러면 됐어?

차라리 너도 나처럼
대놓고 말해.

저달라고.

니가 바라는 거
그거잖아.

넌 니가 죄책감
안 느끼도록,

내가 의도적이지 않게
실수라도 해서 너한테 져주길
바라는 거지.

비게퍼로
날 이용하고도 성적으로
나한테 못 이겨서

나한테
열폭은 하지만 니 자존심은
지킬 수 있게,

나한테
상처 주고도 니가 떳떳할 수
있는 방법으로.

그런 방식으로
져주길 바라는 거지.

내가 널 좋아하는 걸
알면서도.

스윽

…

끼익

그럼 져줄래?

고양이가 아파서
돈이 필요해.

그러니까 져줄래?

입고 있던 걸 다 벗어버린 것처럼

수치스럽고 슬펐다.

다음 날 결승을 앞두고
숙소에서 나와 집으로 갔다.

아니,

현호는 나중에 데리러 갈게.

응.

결승 전에 다시 숙소 가봐야 하니까.

짐도 다 안 뺐어.

왔다 갔다 하면 현호가 스트레스 받을 거야.

응.

좀만 더 부탁해.

고마워, 영택아.

아, 그리고 인터뷰도.

날짜 잊지 마.

끝나면 진짜
맛있는 거 살게.

응응.

안녕.

…

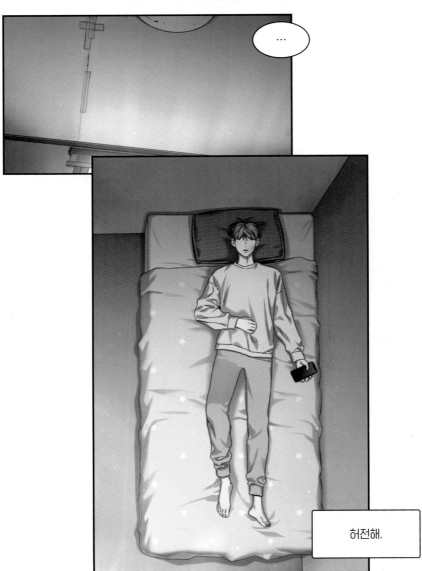

허전해.

오늘은 결승전 인터뷰를
하는 날이라고 한다.

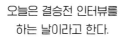

보통은 가족들을
섭외하는데,

나는 엄마 아빠가 인터뷰에
응해준다고 해도 뭔 소리를
할지 몰라서…

꽃단장 중

애초에 친구들한테
부탁하기로 했다.

기사 났네…

서바이벌 프로그램 팬들의 도를 넘은 참가자
루머유포/비방…

인터뷰 시간
기다리는 동안 서치 중…

내 사진만
왜 이래…

또 혼나겠구만.

그리고 인터뷰하기로 한 시간…

우리 집은 좁아서
촬영이 불편하기 때문에

근처 공원에서 찍기로 했다.

왔네…

하긴
올 것 같았다…

근데 기사 때문에
눈치 보여…

시작할게요!

!

저희는 지호가
한 5화에서 떨어질 줄
알았어요~

결승까지
갈 줄은…

누가 상상이나
했겠어요~

하하

요즘 지호 씨
인기가 많은데,

친구분들은
실감하시나요?

네~

한 번만
만나게 해달라는
사람도 있고~

사인 받아달라는
사람도 있고~

소개 시켜달란
사람도 있고~

…너,

헐…!

피디님 코피 나요?!

(고등학교 체육대회 반티)

환복

…

오징호.

혼나나…

나,

20분만
자게 해줘…

…

알았어요…

너 진짜 안 할래?

고양이 얘기.

아직도
그 소리세요?

이젠 진짜
늦었잖아요.

당일에
사연팔이하면 심사위원이랑
시식단 마음이 흔들릴
수도 있지.

내가 설득할 수도
있는 일이고.

그만하세요…

…그렇게 감동 코드를
넣고 싶으세요?

하긴 전에
방송에 쓸 만한 게
엄마 아빠보다 좋다고…

너 우승시키고 싶어.

그것만큼
너한테 점수 딸 수 있는 게
없잖아.

내가 더
편하지 않아?

넌 걔랑
싸우기만 하잖아.

나랑 있으면
고민 들어줘,

방송 조언해주지,

오지는 키스도
할 수 있지,

얼마나 좋아?

맞아요…

피디님은
너무 편해요.

아무리
내 모자란 부분을
드러내고,

쪽팔리는 짓을 해도
수치스럽지 않아요…

그게 맞는 건지
모르겠어요.

확신이 안 들어요.

현호 얘기 하는 것도,

잠깐만,

하지ㅁ…!

어-

...

갈게.

혹시 진짜 큰 병 있는거 아니에요?

어릴 때부터 비강이 약해서 그래.

세탁비는 내가 줄게.

알았어요.

조심해서 가세요…

심사위원들이랑 제작진들도 너랑 최우혁이 제일 인기 많은 거 알아.

갑자기?

너네 둘이 엮이는 게 수요가 있다는 것도 알고,

둘을 결승에 올리는 건 사실 예상 가능했어.

진짜 갈게.

결승전 날 봐.

삑—

안녕히 가세요.

항상
헤어질 때 심란하게
만든다니까.

쿵—

나도 모르는 건 아니란 말이에요.

쓸데없이 절개…

만 굳어서 내 승산 높이는
일인 걸 아는데도,

조금이라도
현호 욕먹는 게 싫어서
내키지가 않는다.

안 그래도 가족한테
재수없는 까만 고양이라고
욕 먹는데…

물론 나도
호로자식이라고 욕 먹고…

결승전까진 바빴다.

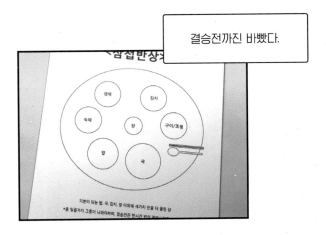

이것저것 만들어보고,

어떤 조합이 가장 좋을지
고민해야 했다.

91

결승전 당일은
막상 긴장이 되진 않았다.

올 날이 와버렸구나 하는
시원섭섭함 때문인지

안녕하세요.

지호 씨 안녕.

왔어요?

해결되지 않은 문제들에 대한
심란함 때문인지

지호 씨
왔네요.

안녕하세요.

조금,

지호 씨
안녕~

슬퍼서인지.

결승전 아침은
그냥 결승전 아침이었다.

맞아.

마치 이번
셀프캠 때문에 관종지호가
찐게이라고 나대는
관종지호러를 보는 듯한
불쾌함이 있어.

*이거

바깐쫑 @0000000
실화냐...?아니 실화냐??;;;;관종지호관종
;;
;;;;;이게 리얼이 아니면 뭐냐???;;;;;

REC

정지호 여긴 원래 관종이가 쓰던 방인데 제가 차지했답니다.

♡7   ↺5   ♡   ⬆

(물론 비멘 달아서 오지게 눈치 줌)

×같은 기사도 나고
요즘 짜증 나는 일이 많아요.

다들 정신 차려.

우혁지호는
우리가 지켜야 돼.

ㅇㅇ

이만한 호모가
어디 있어.

맞아요.

아…

얘네 지금
뭐하고 있을까…?

95

오늘은 참가자들을
응원하기 위해!

가족/친지 상봉 중이다.

특별히
발걸음을 해주신 분들이
있습니다!

먼저
정지호 참가자를
응원하시는 분들!

나와주십시오!

와, 반가운 얼굴들이
많이 있습니다!

관종아…!

풀페이스 필러,
애교살 필러,

브이캣 주사,

인아웃라인
쌍수를 했구나…!

그리고,

어,

엄마…;

…

좀 있다 보자는 신호…

그다음은 최우혁 참가자를
응원하시는 분들!

최우혁
화이팅!

아…!

우혁 군의
아버님이시군요!

음!

…

정지호!

반갑네!

실제로 보니 더
곱상하고 귀엽구만!

안녕하세요…

뭐야…

별로
귀엽진 않은…

뭐 하는 거야…!

빨리 가서 앉아…

알았다
이 녀석아!

저기 앉으면 되나?

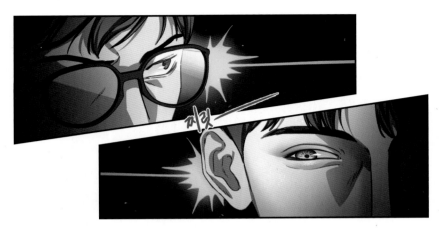

관종아,

역시
아이돌 기획사에서
제대로 배운 발성은
다르구나!

...

잠시 쉬는 타임

내가 못 살아!

못 살아, 아주!

…

다시 들어옴

본격적인 경연 전,

이제 좀 경연을 하나 싶었는데 또 뭘 한다고 한다.

다정하게 손을 잡고 서로에 대한 선전포고 한마디 하겠습니다!

…

얼굴
괜찮아 보이네…

잘생긴 얼굴
상처 안 남아서
다행이다…

얼굴
괜찮아졌어?

아,

너도…

…려서 미안.

니가 뭐가 미안해.

끝나면 뭐든 정리될 거야.

편해질 거야.

다치지 말고 잘해.

"삼첩반상"

경연을
시작하겠습니다!

일단 쌀부터
씻어서 불린다.

나는 감자밥,
바지락 시금치 된장국,

달래간장,
백김치(협찬사 제품 사용),

조개박나물, 도라지 생채,

언양식 바싹불고기를
만들기로 했다.

01:20:13

시간이 평소보다 많긴 하지만
만들 것 또한 많기 때문에

순서와 시간 안배에 신경을 써야 했다.

이런 것이
중요하겠죠.

구이 요리가
메인이라고 오산할 수
있는데,

밥이나,
장, 나물 요리도 그만큼
중요합니다.

물론 우리 참가자들은
그런 실수는 안 하겠지만요.

둘 다 쌀부터 불리고
그냥 전기 밥솥에 집어넣지는
않는 걸로 보아

밥에도 상당한 정성을
들일 것으로 보입니다.

사실 밥상에서 밥만큼
중요한 것도 없죠.

00 : 31 : 22

00:12:27

주울럭

주울럭

00:09:48

00:04:33

(입모양으로 말함)

다친 데 없어?

…없어.

다행이다.

고생했어.

그리고 우혁아,

나도 미안…

…

그럼,

시식을 시작하겠습니다!

그 전에!

오늘은 시식단이 없어서 이상하게 생각하셨을 수 있는데요,

이전의 경연처럼 시청자들 중 추첨하여 시식단을 뽑은게 아니라!

특별한 시식단을 초청했습니다.

바로 자취요리왕 경연을 누구보다 가까이서 지켜보면서도 밥 한 술 얻어먹은 적 없는

우리 제작진들입니다!

안녕하세요~

작가,

조명 스태프,

음향 스태프, 촬영 스태프,

미술팀,

그리고
피디님까지!

예.

…진짜냐고…

그럼
심사위원들이 시식을
마친 다음에

제작진들이
시식을 하도록
하겠습니다!

감사합니다.

맛있게
잘 먹었습니다.

잘했다.

이보다 내가
더 잘할 수 있을까 싶을
정도로 잘했고,

그만큼 평도
좋게 받았다.

후회 없이 요리했어.

이제…

기다리자.

다음으로,

127

너 미쳤어…?

왜 밥을
태웠어?

실수했어.

…아니잖아.

다른 거에
집중하느라 불 조절을
못 했어.

…그런다고
니가 생각한 대로
돼?

어차피
심사위원들 마음대로인 거
알면서 왜 그래.

실수라고.

말을 안 처들어.

…

131

뭐?

아들아!

고생 많았다!

등록금
안 대준다는 거
취소다.

네팔 가자는
소리도 안 한다!

어차피 안 가.

알았다!

으하하!

...

여기선 재밌었지만 정말 힘들기도 했거든요.

정말 힘들어서 후회도 했는데…

지금 생각해보면 후회할 이유가 없어요.

제 선택이라서 그것도 소중하니까요.

그래서 조금 더 성장한 것 같아요.

결과가 어떻든 모두 감사했습니다.

성장하는 계기가 되었다!

이보다 더 멋진 소감이 어디 있겠습니까!

크흑-

우리 제작진과 저, 심사위원,

그리고 시청자 모두가 최우혁 군에게 감사합니다.

그동안 고생 많았습니다.

그럼,

이제 정지호 참가자의 소감을 들어보겠습니다.

정지호 군은
자취요리왕에 출연한 특별한
계기가 있나요?

…!

아…

…해.

…

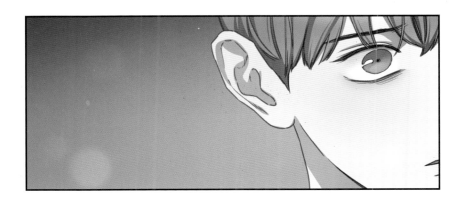

계기는…

안 되겠다.

이 지경이 돼도 너한테 꿀리기 싫어.

돈이 없어서요.

자취하는
대학생들은
가난하잖아요.

돈이 필요했다.

아닌 사람도
있겠지만,

…

저는 그랬어요.

아무리 아끼고 쪼으며 살아도 돈이 없었고,

그러다 보니 자존심이며 책임감까지 가난해진다는 게 가장 슬펐다.

그러나 결핍은 그런 것에 빠져 있을 시간도 주지 않는다.

그동안은 부모님이 다 해결해줬지만,

일상적이라고 생각했던 세상에 얼마나 무지한지 혼자 살기 전까진 몰라요.

당연히 필요한 것에 돈이 얼마나 나가는지도,

알바며 장학금이며 열심히 모아봤자 그게 얼마나 부질없는 액수인지도.

몰라요.

그래서 여유 있는 네가

욕심나는 게 갖고 싶다가도 그런 생각만으로도 죄책감부터 들어요.

그래서…

실력이며 책임감이며 내가 원한 건 다 가진 네가,

다들 열심히 살아요.

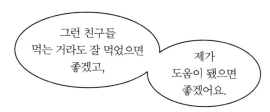

이딴 경연 일부러 져줄 만큼 별거 아닌 고고한 네가,

내 궁핍 따위 다 품을 수 있다는 허황된 이상만 바라보는

순진한 네가 너무 싫었고,

이런 나를 좋아하는 네가 너무 좋았다.

거기엔
동의하지만요.

그게 실력의
차이를 무시하고 밀어줄
정도인지는 모르겠네요.

…

그렇긴 해요.

경연 프로그램
이니까요.

변광인 급으로
심금을 울릴 이야기도
아니고.

미리 그런 얘기가
나와서 방송 탄 것도
아니구요.

…

정말
그 정도의 스토리라고
보세요?

149

…

그건 아니죠…

우승자는,

최우혁입니다.

축하해.

잘생긴 놈.

잘했어.

고생 많았어.

이곳이 아니라 다른 곳에서 만났더라면

너한테 나를 다
던졌을지도 몰라.

…

뭐가
대단해요…

쥐뿔도
떨어지는 거
없는데.

작가님은
준우승하라면
할 거예요?

아니면서…

미, 미안해요.

준우승도
상금 좀 주지
그랬어요.

다음부터
그렇게 할게요…

안 돼요.

내가 못 먹으면
아무도…

삼첩반상이라는
주제가 공개되었을 때
어땠나요?

와~

이건 딱 내 거다!

연기 중

했었죠.

이 짓을 시작부터 끝까지
되짚어가며 해야 했다.

그것도 경연이
끝난 후에 말이다…

(정말 기분 안 나지만 좋게 말하는 중)

어떤 요리가
가장~

기력 딸려…

…무튼
아쉽지만

우혁이 실력
좋은 거 아니까,

축하해줘야죠.

그래도
제 입엔 제가 만든 게
제일 맛있어요~

그럼 자취요리왕 시즌 2를 마무리하면서 느꼈던 점.

마지막으로 얘기해주세요.

음…

프로그램에 참가하면서 좋은 사람을 많이 만나고,

깨달은 점도 많아요.

우혁이 말대로 저도 더 성장한 것 같아요,

그래서,

비록 우승은 못 했지만 얻은 게 많다고 생각해요.

참가하는 동안 행복했고…

좋았어요.

감사합니다.

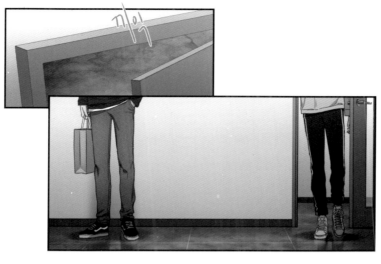

인터뷰
잘했어?

아뇨, 맘에 없는
소리만 했어요.

네.

옷 가져가.

피디님 가지세요.

됐어요. 그런다고 확실하게 우승하는 것도 아니고.

가능성은 높아졌지.

니가 한 말은 좋았는데,

심사위원들 없이 살아본 적이 없어서 그런 거 공감 못 해.

…전 승부사라서 확실한 거 아니면 안 해요.

고생했어.

일단 쉬고,

또 인터뷰니 뭐니 해서 부를 거야.

물어볼 거 있으면 연락하고.

네.

먹고 싶은 거 있거나 심심해도 연락하고.

혹시 내 생각 나도 연락하고.

덜컹

덜컹

현호는 대학가에서 흔히 볼 수 있는
누가 키우다 버린 고양이었고,

동네 길고양이들
사이에서 왕따였다.

그래서 겨울이 시작될 쯤에
차마 못 본 척할 수가 없어서

임보를 하겠다고 데려왔는데,

아픈 고양이라서 그런지,

엄마 말대로 까만 고양이라
재수가 없어서 그런지,

몇 달이 지나도록
입양이 되지 않았다.

그래서

삑—   삑

별…
구…삼…

내가 데리고 살게 되었다.

어떻게든 보내려고 별짓을 다 했으면
보냈을 수도 있지만

띠리릭

현호야!

늬양

이미 정은 들어버렸고, 그렇게 보내면
도저히 편할 것 같지가 않았다.

잘 있었어?

나 안 까먹었지?

형아
우승 못 했어…

미안해…

잘못한 것도 없는데
죄책감에 잠 못 이룰 것 같았다.

에옹

지금처럼.

우혁아…

하-

하아-

하-

어,

우혁 씨,

인터뷰 끝났어요?

어딜 그렇게 급하게…

하아…

…

정지호…

(화장실 가던 빠순이가 찍음)

171

이놈아!

어딜 갔다 오냐?!

빨리 가자.

니 엄마 기다리느라 목 뽑히겠다.

어…

지호는 갔냐?

같이 가서 맛있는 거라도 멕이면 좋은데.

에잉~

갔나 봐…

나는 다시 일상으로 돌아왔다.

먼저 숙소에 가서
남은 짐을 다 빼고,

...

안 돼.

…

그리고
학기가 시작되었는데,

나름 방송을 탔다고
알아보는 사람이 있어서
중무장을 하고 다녀야 했다.

야, 저 사람

자취요리왕 나온
오징어다…

쟤는
바지가 저거밖에
없나 봐…

다시 돈을 모아야 하기 때문에
알바를 구하러 다녔고,

...털 마케팅 알바 다들 들어보셨죵~?^―^
...게 할 수 있는 알바인데 수익도 쏠쏠하답니...
...블로그나 sns에 홍보글을 쓰고
...2면 3~5만원의 수익을 얻은 방식이에요.

가끔 예전처럼 서치를 하곤 했다.

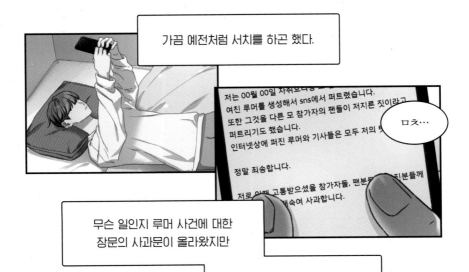

저는 00월 00일 자취요리당 ...
여친 루머를 생성해서 sns에서 퍼트렸습니다.
또한 그것을 다른 모 참가자의 팬들이 저지른 짓이라고
퍼트리기도 했습니다.
인터넷상에 퍼진 루머와 기사는 모두 저의 ...

정말 죄송합니다.

저로 인해 고통받으셨을 참가자들, 팬분들... 진분들께
...색숙여 사과합니다.

ㅁㅊ…

무슨 일인지 루머 사건에 대한
장문의 사과문이 올라왔지만

이런 건 기사화될 리 없었다.

ㅅㅂ^^

툭욱

생각해보면,

딱히 얻은 게 없다.

마지막 인터뷰에서
했던 말과는 정반대로.

우승도,

상금도,

…사람도.

그리고 성장은커녕
내 못난 점과 한계만 실감하기도 했고…

하지만 나는 이게 최선이었다.

다시 같은 상황이 닥쳐와도
같은 선택을 하고 괴로워하겠지.

그냥 내가
훨씬 잘생기고 훨씬 실력이
좋았으면 다 되는 건데.

생각이 많아지면
자학만 하게 되고 도움도 안 돼서

에휴

됐다.

프로그램이든 최우혁이든
생각을 안 하려고 노력했다.

게임이나
하자…

결승전이 방영되고 얼마 후,

TOP3를 모아 비하인드 코멘트
같은 걸 찍는다고 해서

오랜만에 촬영장으로
가게 되었다.

오랜만에
우혁이 보겠네…

?

피디님

…

항상 뜬금없이
전화를 거네…

땅 다링
당 —

땅 다링
당 딩

그래도
나는 예전의 정지호가
아느…

…

이게 차야,
쓰레기통이야…

앞에 타.

휴-

안녕…

운전할 수는 있는 거야…?!

아, 안녕하세요.

벨트 매…

갈게…

딸깍—

이게 차야, 관짝이야…

부룽—

상해 보험 좀 들어놓을걸…

넌 잘 지낸 것 같네.

난…

잘 못 지냈어.

국장님이 벌써부터 시즌 3 하래…

어쨌든,

항상 데려다준다고 말만 하고

정작 데려다준 적은 없어서 맘에 걸렸어.

마침 지나가던 길이라…

잘됐다 싶었지.

근데 점수 따기엔 내 꼴이 너무 말이 아니네.

새삼 뭘요…

(차에서 긴장하느라 진이 다 빠짐)

대부분 이런 꼴이면서…

185

189

정말 의외겠지만
저도 찌질한 면이 있어요…

대체 왜 그렇게
저한테서 헤어나오지
못하시는 거예요…

왜냐면 너만큼…

인간적으로
매력이 있고

어리지만
존경할 만한 면이 있는 건
알겠는데요,

웃긴 사람이
없는걸…

…

…우혁이다.

머리가 좀 길었네…

머리
많이 길었

잘 지냈

…

잘 지냈

넌 그대로

…

응…

…

뭐야 이,

모자라는 대화는…

뭐냐고 이게…

오랜만에 만났는데
이게 뭐냐고…

뭐냐 대체…

…

이렇게 옹기종기 모여 앉아서
비하인드 코멘터리 촬영을 시작했다.

얘도 오랜만…

잘해보자.

응…

결승전 밥 태운 장면

…밥이 좀 탔…

…그 부분이 아쉽…

아~ 내가 저걸 알려주지 말았어야 했는데~

그러게 왜 알려주셨어요~

우승자 바뀌었을 수도 있는데~

최우혁 씨,

정지호 씨한테 고맙다고 하셨어요?

당사자는 어떤 생각이신가요?

…

심사위원들이 저한테 너그러웠죠.

저걸 알려준 시점에서 정지호 씨가 절 봐준거라고 생각합니다.

아니에요.

실수했음에도 불구하고 최우혁 씨가 더 요리를 잘한 거죠.

쭉 잘했잖아요.

…

아니에요…

잘 가…

…

이렇게 헤어지는 건가.

잡고 싶어…

잡아서

뭐라도 말하고 싶은데,

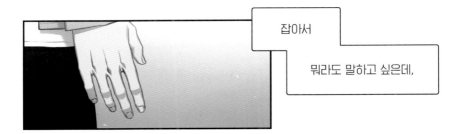

정지호한테 내가
반가울 리가 없다.

앞으로는 정말
마주칠 일 없을 거야.

이렇게 잠시 알던 사이로,

내가 과거에 좋아했던
기억으로만 남게 될지도 몰라.

정지호!

그래도 그게 제일 싫어.

감정만 앞선다고 해도
어쩔 수 없어.

니가 날 싫어한다고 해도
한 번은 잡아볼래.

이렇게 잠시
알던 사이로 남는 게,

쪽

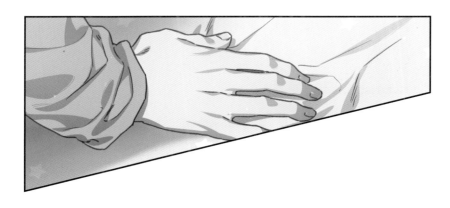

최우혁이랑은 항상 이래.

이렇게 얼렁뚱땅…

아…

그냥.

미친놈.

이렇게 충동적인 걸
그냥 받아들여도 되나?

... 아—

나도 몰라.

쓰담

가여운 것…

니가 잘못한 게 뭐가 있다고
나한테 미안한 거야…

사람이 좀 니 물건처럼
양심 없고 못될 줄도 알아야지…

이렇게 순진해서는…

이 험한 세상
어떻게 살아가려고 그래…

네 그런 티 없는 점이
니가 살아온 인생을 가늠하게 해서

으음…

너한테 열등감을
느끼기도 했지만

이렇게 항상 너한테 홀려서
넘어가는 걸 보면…

그런 거 다 좆 까고
널 좋아하나 봐.

집에 가려고 나옴

잘 가…

어…

왜 또 침울해
보이지…?

(왜겠니…)

…

야,

조심해서 가.

227

연락할게.

…하든가.

끼익—

저 새끼
덩치도 큰 게,

참 귀엽다니까.

우리 이제 사…

사귀는 건가…

아직 안 풀린 게
많은데.

아직 말을 안 했으니
그건 아닌가…

갑작스럽게…

××로 먼저
풀어버렸…

콰당

다음 날

…연락이 없다.

아직 안 일어났나?

9신데…

10시

연락 없음

11시

연락 없음

또 이러는 거야?

하…

대체 난 얼마나 더
너한테 표현을 해야
실망하지 않을 만큼의
관심을 얻을 수 있어?

항상 그랬는데

뭐가 좋다고…

드르르르
드르르르르

…

정지호

(머쓱…)

드르르르

여보세요.

우혁아!

늦게 봐서 미안…

그게 있잖아.

어제 너 가고 나서 현호가 멍청하게…

옷장에서 뛰어내리다가 다쳤어.

그래서 어젯밤에 입원시켰다가 아침에 일어나서

바로 다시 가본다고…

정신이 없어서 연락을 못 했어.

아무튼,

어젠 잘 들어갔어?

응…

혹시…

점심 안 먹었으면 나올래?

같이 먹을까?

…됐어.

라고 해놓고 왔다.

우혁아!

…

왔어?

의사쌤 얘기
다 들었어.

여기서
좀만 기다려.

금방 끝…

정현호 보호자 분!

네-!

네.

잠깐만요.

이걸로
할게요.

내줘서 고마워.

안 그래도 계좌에
돈 없었는데…

최대한
빨리 갚을게.

안 줘도 돼.

다른 거 더
내줄 수도 있어.

그냥 상금
너 줄 수 있어.

미쳤어?!

고마워.

그래도 다음에 빌릴 일 있으면 갚을게.

화도 안 낼게…

이제 너한테 자존심 안 세울 거야.

내가 너 좋아하니까.

…

나는,

너 싫어…

방금 좋아하는
애라며?

내가 너한테
좋은 모습을 보이진
않았지.

니 마음 알면서도
감정적으로 여유 있을 땐
받아들이고 아닐 땐
밀어냈어.

그치만
이젠 프로그램도
끝났고,

더 이상 내 감정이
뭔지 방황하지도 않아.

…

두 시간 뒤에
깨워줘.

응.

숙소에 있을 때
생각난다.

그러게…

그거 알아…?

너 냄새 좋아서
이렇고 있으면

기분 좋았던 거.

그날, 한 알계(익명계정)가
등장하는데…

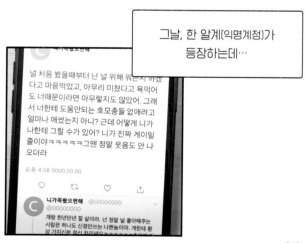

우혁지호다.

이건 최우혁 보라고 쓴 거다.

뭔…

딱 봐도 관심 받으려고 주작한 건데.

아니, 잘 봐!

최상급 에티오피아 원두를 매일 볶아서 사용합니다.

이거 그 미친애가 쓴 거 같다니까!

걔 사과문 쓰고 계정 없앤 지가 언젠데 이제 와서 그러겠어요.

그리고 모든 호모녀들이 자기 커플이라고 우기니까 과몰입 그마안~

…

그런가?

그렇겠지?

그래!

그나저나
최우혁 정지호 방송 나오길래
관종인 줄 알았는데
너무 조용해.

SNS도 못 찾겠어.

비하인드 끝나면
먹을 것도 없겠다고.

며칠 뒤에
갈조 님 구오빠
제대하잖아요~

우혁지호
가볍게 즐기고
돌아가면 돼죠~

맞아~!

우리 오빠 얼마나
기다렸는데!

우혁지호
즐거웠다!

과몰입 방지로 인해
또 한 번 진실을 지나치는 그들이었다…

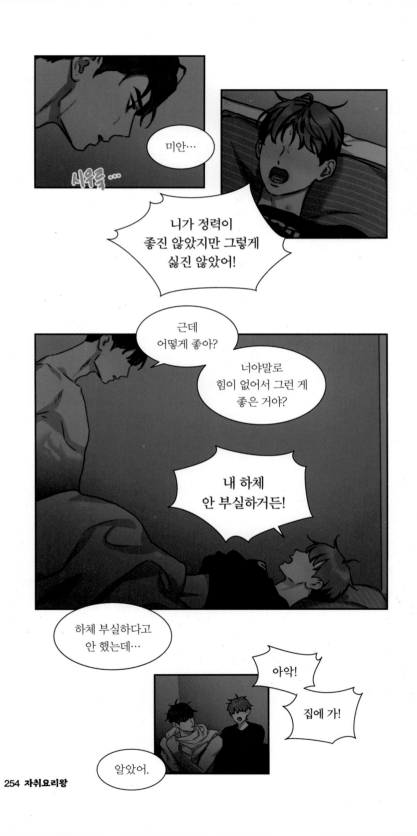

가.

가!

가기 싫지만
갈게.

잘 있어, 지호야.

역시 정지호가
제일 재밌어~

따르릉 —

그동안 필요할 때만 기대서 죄송해요.

피디님이 너무 어른 같아서 그랬나 봐요…

…

뭔데 불안하게 밑밥을 깔아?

이제 저 기다리지 말라구요…

왜?

왜냐면 이제 안 헷갈리거든요.

저 우혁이 좋아해요…

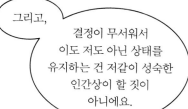

그리고, 결정이 무서워서 이도 저도 아닌 상태를 유지하는 건 저같이 성숙한 인간상이 할 짓이 아니에요.

이제 그만하려구요.

그래서…

안 불쌍해서 까인 거야…?

그러니까,

좀 일찍 나타나지 그랬어요…!

…

나한텐 그런 면이
없는 건 맞잖아.

나이 먹어도
그런 건 힘드네.

그래도
많이 아쉽다.

진짜
오랜만에 누구
좋아한 건데.

너랑 있으면
참 재밌었어.

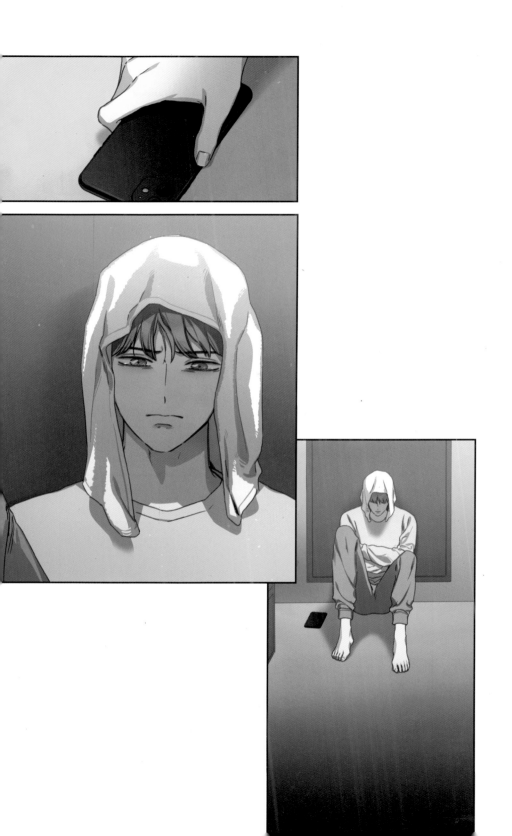

지만 하필
병역 비리가 터져
그룹을 탈퇴한다는
입장을 내보였고…

병역비리 아이돌 OO군, 결국 그룹 탈퇴의사 밝혀...

입력 0000.00.00. 오전00:00
족가톤 기자

이를 받아들이지 못한
팬들은 탈퇴를 철회하라는
시위를 벌이는 중이다.

물론
휴가 118일!

잘못한 거
맞습니다!

휴가 중
유흥업소를 가긴
했지만…!

유흥업소에서
퍼질러 노느라 복귀 시간을
어기긴 했지만…!

어쨌든 잘못한 건
맞지만 가수 활동과는
상관없습니다!

OO 군이 언제나
그룹 활동에 최선을
다해왔다는 건 우리 모두가
알고 있습니다!

옳소!

맞아요!

시발…

병역 비리로 인한
벌은 벌대로 받고 음악으로
사죄하면 되는 것
아닙니까?!

핫,

이 목소리는…

…설마.

원수가 동지로⋯

철회하라!

어쩌면 우혁지호가
운명의 호모인 만큼

철회하라!

그들도 운명이었다⋯

야, 아이돌 ○○이
병역 비리 터져서
그룹 탈퇴한대.

근데 팬들이
탈퇴하지 말라고
시위하나 봐.

이번에
제대한 사람?

친구 형인데
이제 아이돌 하기
싫어한대.

빠질 기회만
노리고 있었나 봐.

팬들만
불쌍하다⋯

⋯

흥흥

왜 맨날
우리 집에만 와?

너만 현호랑 친해지는 것 같잖아…

…

니가 현호 때문에 우리 집에 안 오잖아.

그리고 내가 오늘 눈꼽도 떼줬지,

화장실도 치워줬지,

놀아주기까지 했는데 친해질 만하지.

왜,

질투 나?

질투가 왜 나?

너네 둘 다 내 건데…

귀여운 것들…

어쩌면

내가 할 수 있었던 다른 선택이 더 행복할 수도 있다.

연민에 취해서 더 편안한 사랑을 할 기회를 놓쳤을 수도 있지.

그래도…

또 해달라고?

내게는 항상 연민이
곧 사랑이 되더라고.

힘들어.

내 일상의 일부로,

애옹

내 성장의 일부로
남게 되는 그런 사랑이.

나는 내가 할 수 있는
가장 좋은 선택을 한 거야.

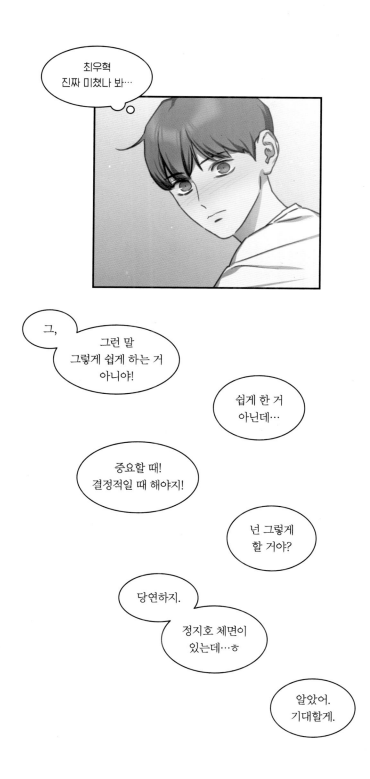

오늘 친구만나
10:40

아마 못갈듯
10:41

친구 만난다고?

친구면
숙소에 있을 때
밖으로 나돌면서 만나던
애들인가?

아직 밤엔
추운데 그냥 집에
오지…

난 니가
밖으로 나도는 거
싫은데…

최근엔
계속 우리 집에서
살아놓고…

특히 저녁엔…

같이 밥 먹고,

같이 씻고,

같이 자고,

같이…

…

해놓고…

겨우 하루 안 볼 뿐…

그런 말이나
할 거면 앞으로
부르지 마.

간다.

…

최우혁은 사랑에 눈이 멀어 친구고 뭐고
아무것도 보이는게 없었다…

베리릭——

?!

왔어.

아, 뭐야…

이리 와봐!

이거 봐.

니 베개 새로
사서 빨아놨어.

푹신푹신 하네.

나도
이거 써봤는데
좋더라고…

앞으로
이거 베고 자…

그리고…

내가 이렇게
재밌고 유익한
사람인데…

나랑 놀면
안 돼?

놀 사람이
없어서 하루 종일 너
기다렸단 말이야…

그리고
배 안 고프면

같이 씻어.

…

하여튼 존나
웃기다니까…

283

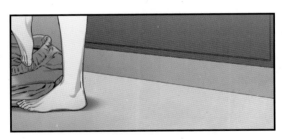

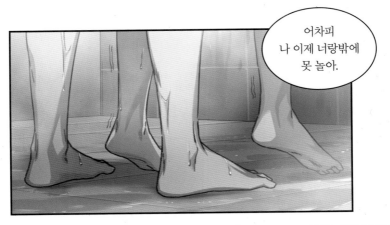

289

그리하여
그룹은 떡상을 했다.

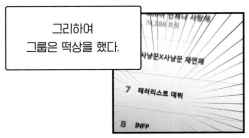

7 테러리스트 데뷔

8 INFP

그런 이유로 박관종의
과거를 파는 사람들이 생겨났고,

자연스레 이미 종영한
〈자취요리왕〉 시즌 2를 찾아보는
사람 또한 늘어났다.

테러인
@00000000

박관종보려고 자취요리왕봤는데 얘네가
더 좋다.

오전 0:00. 0000. 00. 00

리트윗 101회 10 인용한 트윗 마음에 들어요 202회

줄려요 @000000
@00000000 님에게 보내는 답글
얘네 방송 당시에도 꽤 흥했어요. 끝나고
떡밥이 없어서 죽었을 뿐...

그리고…

좋다.

최우혁 정지호
너무 좋다...

@00000000

왜...왜 아무도 나한테 이거 방송할 때
보라고 말 안했어....???..?....???...?

오전 0:00. 0000. 00. 00

뒤늦게 우학짐오가 다시
떡상해버렸다고 한다.

어,

결승전 재방한다.

아… 저때 바지
다른 거 입을걸…

…

하필 저걸
또 입어서 맨날 똑같은
바지만 입는 줄 알아.

다른 거
보면 안 돼?

어? 왜?

쪽팔리고…

보기 힘들어…

니가 잘못한 건
하나도 없는데…

다 널 책망한
내 잘못이야…!

따지고 보면
난 니가 병원비도
내줬고,

그렇게 아등바등
우승하려고 할 필요도
없었는데!

사람이 좀 순진하고
착하면 일부러 져주려고
할 수도 있지,

그걸로 혼내서
미안해…!

아…

현호는 건강해졌다.

꾸준히 관리해야 하지만,

그동안 고생한 만큼 많이 괜찮아졌다고 했다.

우혁이가 병원비를 내줘서 당장 알바를 할 필요가 없었기 때문에

국장이랑 저축해놓은 돈으로 학교를 다니기로 했다.

그리고 나는 키크고 잘생긴 애…인… 이 생겼는데

휴학을 해서

거의 우리 집에 사는 중이다.

현호랑도 친해지고,

우리 동네 재활용 버리는
날짜도 터득하고,

우리 집 냉장고도 채워놓고…

왠지 모르겠는데
꽤 즐거워 보인다.

요즘은 더 넓은 집을 알아봐야 하나

고민하는 중…

엄마, 아빠도
내 고집을 알았는지 더 이상
고양이 갖다 버리라는
소리를 안 한다.

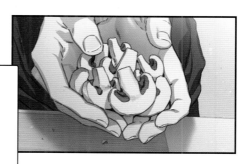

자식 이기는 부모 없다더니,

이제 얌전히 살면서 효도할게요…

무엇보다 복덩이 같은
애인이 생긴 게 가장 좋지만…

경연할 때
생각난다.

그러고 보니까
너 숙소에서 나랑
싸웠을 때

그동안 뭐하러 너랑 싸우고
개염병을 떨었을까?

밖에 나가서
뭐 했어?

앞으로
안 싸우고 평화롭게…

니 생각
안 하려고 다른 애들
만났어.

아~

친구들?

걔네도 보고,

나 좋다는
애들도 보고.

그런 게 가능할 리 없지만 어쨌든 행복했다.

판정단 추첨은

지금으로부터 5일간
신청을 받고 있으니

참가를 원하시는 분들은
www.yoriwang2.com으로
접속하셔서

웃어.

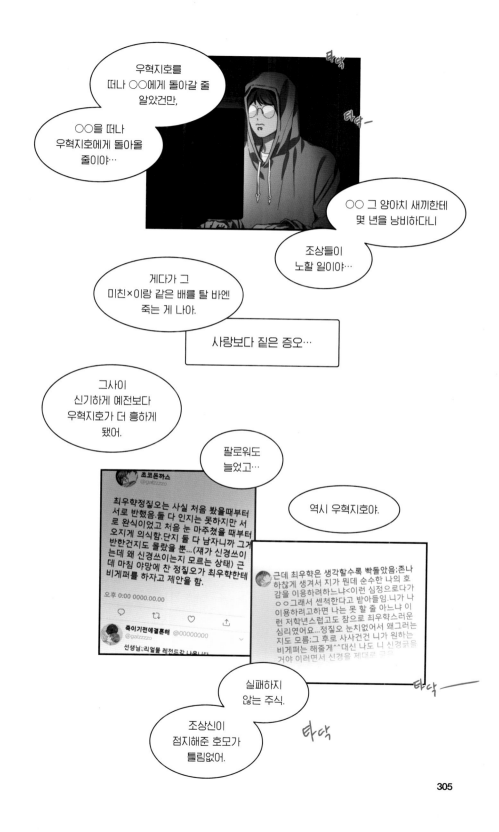

305

네 팬들이
뭐라고 할까?

너 그렇게
우승에만 환장한
놈이라는 거

비꼬지 마.

어차피 너도 나
이용하는 중이잖아.

뭐, 어차피

우승은
내가 할 거니까.

우혁지호

네버다이^^

아,

오셨어요~

연락은 2주 내로
갈 거예요.

원우 씨는
꼭 됐으면 좋겠네요
ㅎㅎ

감사합니다…

들어가세요~

…

피디님
오늘 왜 이렇게
멀쩡하세요?

누가 이러고 다니면
잘생겼다고 해서.

누군지 참
맞는 말만 하네요.

오늘 예선에서
손으로 직접 면 뽑는
사람 봤어요.

얼마나
오래 걸리던지…

시즌3가 재미없을 것 같다고는 했지만

첫사랑을 다시 만나게 해달라곤 안 했는데.

완결

자투리 만화
종합학원청계왕5

나중엔 이렇게 된답니다. ^^

으악

예전엔 다들
뭐가 저렇게 좋은지
몰랐는데

이제 알겠어.

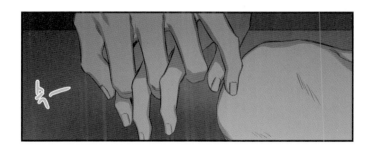

당연히 좋지…

근데…

니네 학교랑
우리 학교랑 안 멀어서
다행이다.

얘도 복학한다 그러고…
(두 학교의 중간 지점으로 가려는 중)

응…

나도 이 집 계약 기간
끝나가기 하는데…

당연히 타이밍도 개꿀이고 너랑 살고 싶은데…

다음 학기에
가면 안 돼?

…

방학 때
알바 좀 하고…

나 돈이 없어…

…

내가 있으니까
괜찮아.

나 복학하면
우리 이렇게 못 만나.

이번 방학에
다 해결해야 돼.

…

저,

내일
집 보러 간다던 사람
인데요…

죄송한데
내일 사정이 생겨서
못 가게 됐어요.

네,

죄송합니다.

…

또 나만 설레고
나만…

쓰윽-

훌쩍여…

정지호
나쁜 새끼…

(귀 기울여 듣는중)

존재와 기억을 잊을 수 있으면… 한 거잖아!

좀 꼴보기 싫었던 건 맞는데 그건 오바고…

（막상 직접 들으니 또 한 번 충격）

니,

니 꼴이 더 보기 싫어서 환장할 지경이었거든!

그럼 왜 전화했어?

니 ×같아서 욕하려고!

×같은 새끼야!

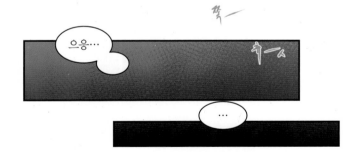

눈 깜빡할 사이에
기말고사를 치르고

눈 깜빡할 사이에
이사를 했다.

북쏴력

엄마 아빠한테도
적당히 둘러댔고…

친구랑
같이 살면 월세를 나눠서
낼 수 있고…

알아서 해라 이놈아.

니가 언제
엄마 아빠 말 들었냐.

응.

ㅅㅅ 존나 해도 괜찮아.

최근엔 싸웠던 기억을 상실한 것마냥 물고 빨았다.

아~

마치…

신…혼처럼…

미친놈아~

우린 혈기왕성한 20대니까 어쩔 수 없어…

그리고 서로 사랑하는걸…

사랑은 무엇으로도 가릴 수 없는 거라고…

사랑은 원래…

정리는 어떡할까?

때려치자.

그래.

하아

현호가 고양이라서 이 꼬라지를 보고도 욕을 할 수 없는 게 천운이었다.

신속하게 이번주 주말로 약속을 잡아버렸다.

는 당연히 그냥 하는 소리였고
엄청난 긴장 상태로 회를 씹어삼켰다.

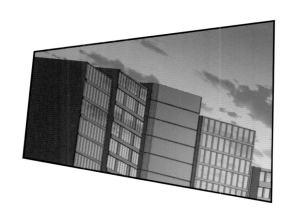

나 추워…

그리고 배 아파…

너는 나보다 훨씬 잘났음에도
너무 착하고 너무 불쌍해.

호윽…

항상 말로만 센 척하지,
내가 가진 거라곤 없는
놈이라는 거 나도 알아.

그래서 내가 할 수 있는 거라곤 고작
너네 아빠한테 잘 보이기, 이런 것밖에 없는데

그것조차
제대로 못 해서
이 꼴이고…

결국 지금 걸치고 있는 것도
니 옷이잖아.

알았어…

그게 뭐라고…

니가 더
좋아하는 거 맞아.

그래서 이런 말은
너무 무거워.

그래도 나는

이렇게 염치 없이
니 옆에 있고 싶을 정도로
널 사랑해.

물론 이 말은 이렇게 들리진 않았다.

한번 입이 트인 그들은 못 하는 말이 없었다.

안 돼…!

니가 죽으면 난…

어떡하라고…!

아니야!

나는 널 놔두곤
요단강 근처에도
안 갈 거야…!

굶어죽지
않을 만큼만 조절해서
사랑해…

알았어…

사랑이
너무 크면 이렇게
힘든가 봐…

하아-

하-

개힘들어.

찰칵

이눔아!

빨리 가자!

…

아이고!

아들내미랑
등산오셨나 보네~

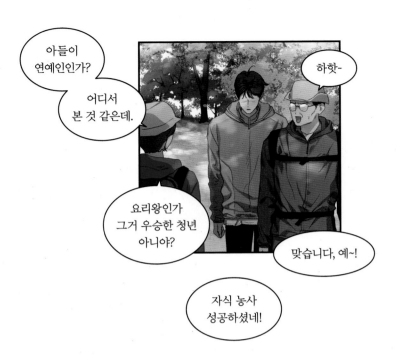

최우혁은 사랑을 위해 본인 한 몸 희생하기로 마음먹었다.

그렇게 주기적으로 등산을 다녔고,
안 그래도 건강한 하체는 더욱 건강해졌다.

정작 하체가 부실한 사람은 방구석에…

슬슬 개강이 다가온다…

방학 동안 연애하고,

잠시 공부하고,

연애했다…

영어 공부…

스펙…

몰라~

요리왕 준우승이
스펙이지~

우승자도
내 건데, 뭐~

아,
싫다니까…

…

예상 못 한 건 아니었지만
최우혁은 찾는 사람이 많았다.

벌써부터 여기저기 불려 다니느라
바쁜 몸이었던 것이다…

결국…

나 갔다 올게,
지호야…

…

교수님도
온다고 해서
어쩔 수 없었어…

빨리
갔다 올게…

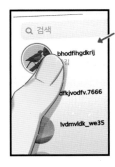

유일하게 아는
최우혁 친구 계정

(팔로워 타고 타고 타서 발굴 중⋯)

!

산디과 이번 학기도 힘내자 🖤
오늘은 윤교수님과 우승자 최씨도 함께ㅎㅎ

⋯

정지호!

여기!

오랜만이다~

흥헤헤

흥헤

정지호의 고학번 선배. 대단한 관종에다가 형/오빠병에
걸렸지만 작년에 별거 아닌 일로 과대한테 시비 걸고
싸워서 현재는 많은 후배들에게 외면당하는 중.
웃음소리가 이상하다.

하지만 목적을 위해
기꺼이 연락을 자처했다.

423

몇 시간 후…

(귀가하고 씻음)

위이이잉

영혼을 다한
아부를 하느라 영혼이
나갈 것 같다…

위이잉

하지만 계획을 위해서는
꼭 필요한 단계였어…!

이제 남은 건
하나…

자연스럽게 흘려서
최우혁
질투하게 만들기!

425

429

여보세요?

정지호.

응.

뾰ㄱ

See U

야!

…

그래서
왜 힘이 없는지
말 안 해줄 거야?

그건…

응.

...

질투 안 나?

짜증 안 나?

441

(아니라고 못함)

그래서
속상했어?

슬펐어?

이제 진짜
누가 불러내도
안 나갈게.

평생 너랑만
놀게.

…

완전 왕따가
되라는 건 아니고,

사실 맞는데…

솔직히 넌 니 말대로
잘생겨서 걱정되고,

내가 모르는
니 모습을 다른 사람들만
보는 게 싫어…

넌 술도
약하잖아.

그러니까…

우린 아마 자주 싸우고 자주 상처를 받을 거야.

자주 행복하지 않아도 괜찮아.
그렇게 같이 어른이 되어가는 거야.

처음 만났을 때부터
그랬던 것처럼.

사랑을 하면서 같이 성장하고,
또 성장한 모습을 사랑하게 될 거야.

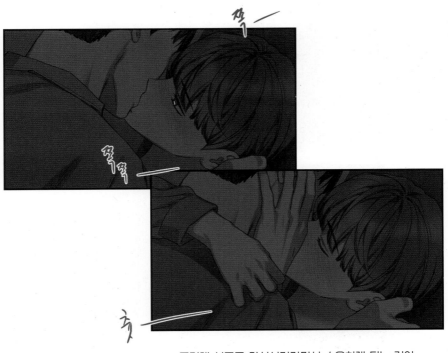

그렇게 서로를 완성시켜가면서 소유하게 되는 거야.

그렇기 때문에 우리는 누구보다 사랑하고 있어.

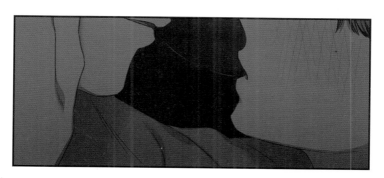

그 길로 바로 택시 타고 다시 (자취)집에 들어갔다.

새벽 3시···

현호 밥 있었음···

힘들어···

며칠 후···

시×놈아!

너
내 스토커야?!

전화를
몇 번 하는 거야?!

전화 안 할게!

안 할 테니까
이번에만 와줘!

며칠 뒤…

예전부터 우혁이가
사고 싶다던 티비를 샀다.

거기에 맞춰
방 구조도 바꿈…

자는 방에 티비가
있으니까 자기 전에도
볼 수 있고 좋다~

응.

!

시즌3으로 돌아올 자취요리왕 THE REAL. 우승

상금 8,000만원의 주인공은

돈…

큰 집…

…

고립…

감금…

이런게
집착광공인가…?

(예전에 서치하다가 본 단어)

집착광공과 집착광수는
오래오래 행복하게 살았답니다.

END